歌集

Lute

リュート

堀部明兎

Horibe Akito

六花書林

Lute ＊ 目次

安曇野

続　家族

人々

登山

装幀　真田幸治

Lute（リュート）

（二〇一四年八月～二〇二一年四月　三百三十一首）

空澄みていつしかリュートも鳴りやみぬ　午後静かなり秋が来ている

安曇野

リタイアをした私と妻は、二〇一四年夏、浦和から安曇野市穂高有明に猫二匹を連れて移住した。家は、北アルプスの前山の山裾にある。

寒雷

春まだき雪ふりしきる安曇野に寒雷遠く轟きはじむ

ひさかたの雨降りしきりやわらかき春の大地に滲みて行くなり

やわらかき光の下りてそよ風はひねもす葉叢を揺らしていたり

長峰山

長峰山に大風吹きて目の前の太き赤松揺れて裂けたり

里山に鬱金花《うこんばな》咲き粉雪は淡き日光《ひかり》を下りて来にけり

幾百の魔女の手のびて空を撫づ晩冬に立つ胡桃の大木《おおき》

鷹狩山

日陰蔓をたくさん見た、天岩戸神話で天細女命が身につけていた草であるらしい。

古代より永らえて来し日陰草美《は》しき緑の蔓《かずら》のままに

早春の鷹狩山の遠近に薄手火蛾《うすたび》の繭みどりに灯る

越中と信濃に亘り蹲る大いなる背の蓮華岳見ゆ

馬頭観音

憂き春の湿れる雪に覆われて猿梨の木も重たげに見ゆ

嬉々とした子たちの声が大空を春風に乗り運ばれて来ぬ

山法師その名のごとしと仰ぐとき堅き木肌に春雨のふる

名を知らば呼んでやりたし風のなか馬頭観音ひとつありけり

花

咲きめぐる山桜花、春陽さす生坂村《いくさかむら》の四方《よも》は山なり

山頂へ一千尺を咲き昇る桜道みゆ光城山《ひかるじょうやま》

春なかば冷えのもどれば灰色の風吹くなかに花も萎れぬ

黒文字に春の陽は降りやわらかき幼葉《おさなば》あまた生まれていたり

春真昼ひかり満つれば黒文字の葉は陽に透けてともれるごとし

春の陽がひねもす降りるあぜ道に群れて咲きいる黄《きい》のたんぽぽ
子ら集う菜の花まつりに次々とペットボトルのロケットが飛ぶ

塩の道祭り

小谷村黄金週間塩の道三千余名山道渋滞

山道に「すげえ」と屈む少年の手にせしナットが光を反す

塩の道の牛方たちは一晩を牛を見下ろす棚に寝しとぞ

早月

春の田に水行き渡り蛙《かわず》来てケチャにも似たる唄をはじめる

安曇野の熟田《こなた》に真水のゆきわたりひかり流るる一日《ひとひ》となりぬ

風わたる青麦畑に伸びをせり両手《もろて》を挙げて心ゆくまま

祭神の有明山はさやかなる朝の田の面《も》に姿うつせり

芍薬

五つ六つ桃の実のごと膨らめる芍薬朝の雨に濡れおり

薄紅の芍薬の花五つ六つ早月《さつき》の雨に艶を増しおり

薄紅の丸き形に両の手をそえれば涼し芍薬の花

水無月

池の端《はた》にせすじをのばし佇める濃きむらさきの花寡黙なる

白無垢の空木の花の咲き満ちて小風に揺れてまどろむごとし

降りやまぬ雨に煙れる果樹園のブルーベリーは雨に揺れおり

ここでなら食べ放題と畑にてブルーベリーを頬張って食む

夏

生坂村のやまなみ荘で雲を見ていた。

夏空を海賊姿の白雲が海賊のまま少しずつゆく

夏真昼木々の繁りの極まれば熱気を孕み山膨らめり

顔を上げ箸袋をば栞にす、千曲川見ゆ姨捨の駅

蝶ヶ岳より安曇平をみおろして。

大いなる湖《うみ》のごとくに静かなり安曇平に雲の溢れて

出し抜けに機銃のごとく屋根をうつゲリラ豪雨とよくも名付けし

突としてあたり轟く雷鳴に慄《おのの》くそばから閃光はしる
濃き紅《あか》の花を抱えて重たげな百日紅《ひゃくじつこう》の幹のしずけさ

秋

種こぼしあちらこちらに生えきたる秋桜《こすもす》の花なないろ揺れて

降りしきる長雨《ながめ》のなかを僕たちも空も地面も霞みつつあり

この辺りは戦中は陸軍の訓練場だった。戦後の食糧不足への対応で国によって開拓が奨励された。

開拓に七十六戸の入《い》りしとぞひろがる熟田《こなた》に秋の陽降れり

熊避けの鈴を鳴らして樹林地を兵隊のごと足早にゆく

扇状地を潜みてきたる水流を汲む吾《わ》の肩に秋の葉の降る

朝霧の上がってみればこんなにも青き大空隠れていたり

校庭に銀杏散りおりわれさきと言わんばかりに吹かれてゆくも

晩秋の温《ぬく》き陽のさす白壁を羽ばたく蝶のながらく見ゆる

無極館

妻と一緒に、近くの太極拳の道場に通っている。

冬の陽は磨きこまれし床に降り「師範に礼」で稽古はじまる

老いたちは雲行くごとく弧をえがき太極拳を演じていたり

熟練の師範をまねて演ずるに片足立ちにたまにふらつく

爪先のむきをかえればあちこちで床板摺りて靴底がなる

道場の窓辺にたてば澄みわたる空の彼方に常念岳みゆ

道場の大鉄瓶を吹きあがる湯気にみんなで手をかざしおり

道場の稽古仲間のくだされし紅芯大根《だいこ》に歓声あがる

冬

降りやまぬ粉雪のなか雀らは風におされて群れごと流る

集会所に集える子らは日溜まりに手を湿しつつ注連縄《しめなわ》を綯《な》う

寒風《さむかぜ》に裸木じっと立ちにけり芽吹く力をからだに溜めて

まといたるものを落とせし裸木に雪は斉《ひと》しく下りて来たりぬ

やわらかき光の降《お》りて裸木に溢れていたり　冬も半ばに

アートヒルズミュージアム

家の近くにあったガラス工芸館、アートヒルズミュージアムが二〇二〇年末に閉館した。

おだやかな風の吹きいし工芸館疫病《えやみ》の年に閉館となる

かりそめの賑わい淋《さぶ》し閉館の決まりしガラス工芸館に

閉ざされるミュージアムにて館内の写真を撮れば淋しさの増す

購うを躊躇っていた〈猫の絵〉とともに帰りぬ閉館の日に

年末年始

あと幾つ齢《とし》を重ねん極月の湯船の窓に赤き月を見る

粉雪はしずけく空を下りて来る　終日《ひねもす》降らん降りやまざらん

満願寺をめざして歩く雪の森に猟銃の音とどろき渡れり

山葡萄の苗木を抱きて黒々とつらなる畝に冬の雨ふる

「どんど焼き」のことをこの辺りでは、「三九郎」と呼ぶ。

子らはみな真顔となりて見つめいる勢い増せる三九郎の火を

冬深し木々の新芽に艶《つや》ありて日向水木は赤く灯《とも》れり

冬の常念岳

明科の長峰荘の野天風呂からは常念岳が真正面に見える。

雲海に頂《いただき》見する常念《じょうねん》岳は白き浪間にかたぶき初めぬ

大空に真白き象の現れて常念岳に足をかけおり

常念岳《じょうねん》を望める野天の湯に浸かり孤舟のごとき白月を見る

雪

百万の雪が朝日に照らされてきらめくままに風におされぬ

雪の枝《え》に赤き林檎を刺しおればやにわに鳥の羽ばたき聞こゆ

ありとある陰《かげ》消え失せてしずかなり穂高神社に雪ぞ積もれる

降りしきる雪に籠《こも》れる坂北《さかきた》の小《ち》さき駅舎が車窓を流る

冬の雨

冬の雨は森と獣を濡らしつつ煙雨となりて山を覆えり

皆既月食が見えた（二〇一八年一月三十一日）。

仄暗く赤き月見ゆ　望月のじわりじわりと食われし果ての

豊里《とよさと》の開拓の碑《ひ》のかたわらの古きポンプに時雨《しぐれ》は降れり

時の気の冬にも花はひらきたりいろ無き庭に咲く福寿草

山の湯

山の湯の高き窓より射すひかり照れる湯霧のながれやまずも

山の湯に冬陽の射してたちこめる湯気に間近な虹のかかれる

唯一人たっぷりの湯に抱かれおり村営温泉四方《よも》は山なり

移住して嬉しきことの一つ目は青く広がる空の優しさ

生きもの

猫

山裾の木下《こした》の午後の日だまりに真白き猫のぽつんとおりぬ

粉雪は気づかぬうちに降りだせり遠くに独《ひと》りでくらす猫みゆ

ボンネットの上に温《ぬく》まる野良猫は目をあわせざま飛び跳ねて消ゆ

白猫は立ち去るまえにふりむきて咥えたるねずみ見せてくれたり

猿

西山の裾にある我が家には、野菜や栗を食べに猿がやって来る。

栗の木に栗の殻わる離れ猿しずけき庭に響くその音

おたがいに気がつかぬらし春の暮れ草とる妻も脇ゆく猿も

庭の闇を鋭き声の駆けまわりそののち二匹ハクビシン過ぐ

燕

全力で大海原を渡り来しつばくろの羽風に光れり

遠くから「お帰りなさい」の声聞こえ安曇の空を燕《つばくろ》が飛ぶ

つばくらめつぎの瞬間つと落ちて麦の畑のすれすれを飛ぶ

燕二羽寄りては離れをくりかえし遊ぶかのよう赤き夕べを

鴉

春の土嘴細鴉《はしぼそがらす》の舞い降りて着地のあとに一つはずみぬ

クラクションを鳴らしてやりぬ悠然と胡桃を道路《みち》にならべる鴉

何食《は》むや六羽八羽と鴉きてパウダースノウの畑を歩く

鴉二羽トントントントンと助走して宙に浮きたり視線を交わし

電柱で濁声《だみごえ》放つ元気もの嘴細鴉《はしぼそがらす》の喉《のみど》見えたり

嘴細鴉《はしぼそ》は虚をつかれたか出し抜けの風に押されて横へと滑る

雀

冬、散歩の途中で、落ちていた雀を拾った。

田の畔に落ちたる雀は手の中で少し動きてかそけくなりぬ

横たわる瀕死の雀の目の縁に涙のようなものが滲みぬ

降りやまぬ粉雪のなか雀らは風におされて群れごと流る

ひよどり

淡雪の枝のオレンジついばめるひよどり一羽今日も来ており

いそいそと林檎を冬青《そよご》の枝に刺しひよどりたちの飛び来るを待つ

目をやればひよどり一羽おとなしく林檎を待ちて枝を動かず

雉

高跳びの助走のままに雉《きじ》浮きて雪の畑のすれすれを飛ぶ

雉出でて急かされるかに突き進み見る間みるまに草叢に消ゆ

虹色の雉がのそのそやって来て菜の花畑に姿を消しぬ

電柱にとまりていたる山鳥《やまどり》をしばし見上ぐる白き腹毛《はらげ》を

小白鳥

安曇野の御宝田遊水池は小白鳥の飛来地である。北帰行の始まった頃に会いに行った。

御宝田の川面に浮ける小白鳥群れの一羽がわれに寄り来ぬ

去年《こぞ》の夏にシベリアの地に生まれけん首やや黒き小白鳥見ゆ

餌《え》を撒けば羽を広げる小白鳥そばに来るもの遠ざけるがに

安曇野の浅き瀬に立つ小白鳥もうすぐ北へと帰る時なり

全力で川面を駆けて飛び立てり小白鳥らは遥か北へと

鳶

姨捨《おばすて》の駅より平らを見下ろして鳶の滑りをゆっくりと追う

鳶一羽春めく空を旋回し風に押されてユラッと揺れたり

春の鳶は風をうけとめ風にのりふわっとひとつ真上に浮きぬ

水楢《みずなら》の枝に吊られし麦餅を食むヤマゲラの羽ばたき疾《はや》し

ヤマゲラは枝に吊られし餅を食《は》む力を尽くし羽ばたきながら

春を待つ小さき池に煌めける氷を透かしメダカたち見ゆ

大海を越えて来たれる翅をもてあさぎまだらは花々を飛ぶ

一匹の蟻容赦なく炎天の下を引きおり蚯蚓のむくろ

蛇《くちなわ》の死に身を枝に引き掛けてぐったりとした重みを運ぶ

舗装路に息絶えしまま蛇《くちなわ》は土に還らず夏過ぎにけり

髪切虫と水楢

髪切《かみきり》虫に食い荒らされし水楢《みずなら》は残れる管《くだ》にて水を上ぐるや

水楢《みずなら》に薬剤入れたり　虚《うろ》のなか髪切虫の脚は動かず

弱っていた水楢の木が台風十七号の強風で遂に倒れた。

髪切虫《かみきり》に食われて終《つい》に倒れたる楢の小枝に青き実の見ゆ

蝌蚪

乾く田にひとつだけある水溜まり　蝌蚪《かと》びっちりと群れて蠢く

照り梅雨に田の蝌蚪《かと》あわれ累々と白き腹見せ乾いて行きぬ

塩尻チロルの森

二十年間続いた「塩尻チロルの森」がコロナ禍の影響もあり二〇二〇年末に閉園となった。

閉園日の日溜まりしずか山羊たちは思いおもいによこたわりけり

小《ち》さき子のさしだすレタスを引きよせる牛の眼《まなこ》はただに澄みおり

パリパリと食《は》む音明《さや》か若山羊はさしだすキャベツをグイッと引きて

アルパカは僕の手の餌《え》を食《は》みたるにもっとくれろと頭突きをくれる

競馬場の誘導馬なりしトム君は子供らを乗せゆっくり歩む

〈レインボー〉は汝《なれ》を背にして周りたり『散り椿』では武士を背にしき

動物はそれぞれ各地に引き取られ生きてゆくらしみんな元気で

七頭の馬

閉園した「塩尻チロルの森」に居て引き取り先の決まっていない馬七頭を我が家の近くの会社が預かって下さっていることを聞き、人参を持って会いに行った。

閉園後の行く先決まらぬ馬たちに会いに行くなり冬晴れの日に

わかるらし馬柵《ませ》をへだてて駆け寄れる馬たちわれがにんじん持つを

にんじんをパキンと折れば馬は吾《わ》に顔を寄せたり足踏みしつつ

にんじんを嚙む音さやか大きなる歯を持つ馬よ信濃の馬よ

また来るよ首を撫でれば瞬ける馬の 眼《まなこ》 はただに澄みおり

山裾の霧はいつしか雨となり背から濡れ初むる七頭の馬

家族

父母

私は、父宇兵衛、母喜代の長男として、南埼玉郡菖蒲町に生まれ育った。仕立て屋を営んでいた父は、私が中学二年生の時、四十七歳の若さで他界した。

父宇兵衛は、穏やかな性格もあって、子供のころ「兎《うさ》ちゃん」というあだなをもらっていたらしい。私の筆名は、本名の「明」にこの「兎」をつけたものだ。

思い切り球を返せば陽だまりに父のグラブがパシンと鳴りき

九歳のわれにボールを投げる父は夏の光の向こうにおりき

母喜代は、裁縫の内職と生活保護で、私と弟を育て、大学にまで行かせてくれた。

立つ母は我をみやりぬ「住みなれたここがいいな」と言いきりしのち

発つわれを見送る母は暮れ合いに小《ち》さくなりゆく静止画のまま

県道を施設へ走る　母の寝るストレッチャーを震わせながら

県道を特養ホームへ向かうなか「連れて行かれる」母はごちおり

吾《わ》の顔も忘れてしまいし母なるにカメラ向ければ含羞《はにか》む目をす

母の家を片付け終えて人気《ひとけ》なき星川沿いのバス停に立つ

中学生の時、母が買ってくれた服が地味で気に入らなかった。

セーターをありがとうねと言いたくて会いに行きたいあの日の母に

母方の親戚の法事の席にて。お酒の好きな叔父さんたちも少なくなってしまった。

メートルの上がりし叔父甥六人《ろくたり》の声まばらなり宴《えん》も終いに

ある叔父さんが周囲の人に一枚の写真を回した。

さりげなく七つ釦の写真見せ「十九の時さ」叔父はにやりと

黒ずみてぎぎっと軋む階段にかつて遊びし夏のひかりよ

故郷の眩しき夏に会いたくてフェルトの表紙のアルバムを繰《く》る

義父母

安曇野市の隣の池田町に、妻の実家があり、義父、義母と義弟が住んでいる。

義母が、家で転倒し背骨の圧迫骨折をしてしまった。

転倒し動けぬ義母《はは》を縛りたるストレッチャーが月に照りゆく

年古りし義母《はは》の背骨は圧せられ画面のなかで白く濁れり

手術後の義母《はは》のベッドに繰り返し娘《こ》の名を呼びいる低き声せり

久しぶりに自《みずか》ら歩きし義母《はは》が見え我らを見つけ歩みを止めぬ

退院の義母《はは》の帰りをまつ義父《ちち》は何十回も確認をする

退院の義母《はは》はゆっくり手をあげぬ髭剃りて来し迎えの義父《ちち》に

義父は鰻とカラオケが好きだ。

鰻丼を小一時間かけ食べきりて義父《ちち》はゆっくり匙《さじ》を下ろしぬ

若き日の戦時歌謡を唄う義父《ちち》曲追うごとに声も出てきて

義父は、若いころ、北アルプスによく登っていた。

孫の名が出て来ぬ義父《ちち》もアルプスの山の名前は次々と言う

教員をしていた義父の留守を守りつつ、義母は農作業に従事していた。

「アルプスはいつも見えるが農家だで、下ばっかりだ」義母《はは》は笑いぬ

義母は、漬物が大好きである。

石炭を焼《く》べるがごとく野沢菜を口に投げ入れ義母《はは》は嬉しげ

合同誕生会

義父（二月五日）、義母（二月六日）の合同誕生会を行った。

義父母《ちちはは》は誕生会にお得意の真顔で極《き》めてカメラに向かう

誕生日に「お殿さまだ」と声上げる米寿の義母《はは》と鰻重を食《は》む

ちょこなんと座れる義母《はは》はお茶うけの骨煎餅を前歯に砕く

若き日の悪さの話をする義父《ちち》の口は幾分とんがっており

来し方の夫《つま》の不実を義母《かあ》さんはつれなき声でたまに言い出す

義父《とう》さんは持たせて貰ったぐい呑みでゆるゆる飲みて「うめぇ」だけ言う

義父の老人保健施設への入所

義母の再びの骨折による入院によって、自宅介護が受けられなくなった義父は、松川村の老人保健施設に一時的に入所することになった。

分からずに施設に入《い》りし義父《とう》さんは硬き顔にて理由《わけ》を質《ただ》しぬ

真顔なる義父《ちち》は続けて質《ただ》したり、マッカーサーが言ったからかと

「元気ですか」と問われた義父《ちち》は「空元気空空元気《からからげんき》」と決め台詞言う

ベッドから抱き起こさるる義父《とう》さんは抱えられつつ「せーの」と言いぬ

義母の退院によって、義父の退所日が決まり、そのことを妻と一緒に義父に知らせた。

退所だと言われし義父《ちち》は「戦争に負けたからか」と真顔で訊《き》きぬ

「あと四つ寝たら帰れる」と妻言えばベッドの義父《ちち》は指を折りたり

「また来るから」にベッドの義父《ちち》は頷いて目尻の皺にそっと触れたり

送迎車を車椅子のまま降《お》ろされし義父《ちち》はわずかに右手を上げぬ

妻

妻とは、大学一年生で知り合い、リタイア後の二〇一四年に一緒に安曇野に移住した。

目いっぱい晴れたる今日は春めいて麦もあなたも若やいで見ゆ

初夏《はつなつ》の青き空へと手をあげてせのびをしたし汝《なれ》といっしょに

女子会は晴れまた晴れの旅という汝《なれ》は優しくなりて帰らん

粉雪はきづかぬうちに降りだしぬ明科駅に君を待つ間に

雪やみて森の凍れるみちを行く声をかけあい二人少しずつ

初めての常念小屋でめずらしくビール手にする君は饒舌

霧訪山《きりとうやま》に脚をふんばり携帯に答えつづけるあなたは優し

普通の一日。

おたがいの夢からさめて現し世の朝のキッチン今日がはじまる

食卓を風の通れり朝食は亜麻仁油入りのヨーグルトから

はりきってとりくむ朝の体操の膝の屈伸ふたりふらつく

君の膝にぐいと近づき枕して耳搔き棒の入り来るを待つ

君がいていつものように午後となる　東の空の白き月かな

「この感じビル・エバンスね」とつぶやいて寝に行く人よ明日また会おう

二人で終活ノートの講習会に参加した。

移住していつも見ていた空と雲、終活ノート二冊ください

初孫

二〇二〇年一月二十五日午後に、次男から長女誕生の報せがあった。初孫である。

産みし子を初めて抱《いだ》く母親の安堵の顔に隈の見えおり

みどり児は安けき顔で眠りいる十月《とつき》前から一緒の母と

みどり児はマスクの人に目を向ける抱《いだ》ける父をみつけたらしい

空腹に大泣きせしか乳を飲むみどり児の目に泪にじめり

泣き顔もあくびとなりてゆくりなくしゃっくり出でてねねは静まる

若き父の抱っこのしかたはぎごちなくすかさず祖母の指導が入る

初孫は次男夫婦によって日那乃と命名された。

日那ちゃんの柔らかくまた美しき頬をつつきぬ　good luck Hina

頬赤く柔らかき哉みどり児よ我らが温《ぬく》みを未来につなげ

いつの日かありがとうねと言うだろう力を尽くして育てた父母に

はじめての絵本

『ぶーちゃん』の絵本をまえにこんなにもよろこぶ君よアマリリス咲く

初めての絵本「パパママ」ヨーグルト、クレヨンみたいな日那の一日

スカイプのわれに這いよるみどり児の真顔はついに画面をふさぐ

続 家族

ユウヒ／ココ（柴犬系の雑種）

浦和の西側を流れている荒川の河川敷で暮らしていた、老婆Hさんと捨て犬ユウヒ（後に、ココに改名）は、一九九九年八月初旬の大雨による荒川の氾濫で被災し、そのことが朝刊に記事として載った。記事を読んだ我々は預かってくれていたボランティアに連絡を取り、里親になることを申し出た。ココ（ユウヒ）は、柴犬系の雑種の女の子である。当時三歳。

捨て犬の「ユウヒ」という名は荒川の河川敷に住む老婆がつけき
洪水で救助待ちおる最後まで老婆とユウヒは一緒に居しとぞ

ユウヒ来るケージにはいり運ばれて夏のひるどき南与野駅

やせていて毛のつやもなく寡黙なりなれどその目は黒く輝き

少しだけ誇らしげなりボランティアに持たせてもらったピンクの首輪

ユウヒと老婆Hさんの物語が子供向けの本となって出版された。

反響が来ているらしいキミの本『捨て犬ユウヒの恩返し』に

事情があってユウヒをココに改名した。

朝まだき散歩のさいそく階段を昇り降りするココの爪音

リード解けばはじけるように疾走すわが犬ココのまだ若き日に

校庭に我をめがけて走るココその躍動にときめきし日よ

帰宅せし我のもとへと跳ね寄れるココの眩しき笑顔思ほゆ

横浜の百貨店で開催された写真展に出品した。

里親と動物たちの写真展ほほえむ妻をココは見上げて

十年の月日が流れ老犬のお腹の写真に影が写りぬ

ゆっくりと自分のペースで移動する寡黙になりし晩年のココ

老犬はふらつく足で向かいゆくいつもの散歩に立ち寄る場所に

二〇一二年八月、ココは旅立った。享年十六。

報せうけ帰宅の車窓の夏空にながめし雲よ　ココは死にたり

ミィー（黒猫）

ミィーは、次男が近所の動物医院から一九九六年に貰って来た黒猫だ。ミィーはチーズが大好きだ。我々夫婦が安曇野に移住した際に、ミィーは浦和の家の、息子のもとに残った。

黒猫は「ミィー」「チーズ」とう呼びかけに手品のごとく傍らに居る

次男に抱かれた写真を見て。

大好きな人に抱かるる黒猫はカメラ目線を暫《しば》し決めたり

初めてのエリザベスカラーを付けしミィー涼しき顔で我を見つめぬ

二〇一五年春、ミィーは体調を崩した。腎臓病とてんかんだ。

重病の黒猫ミィーは吾《わ》を見上げ少しちかよる何を伝えんと

ツン（キジトラ猫）が、横たわるミィーの毛づくろいをしていた。

キジトラは動けぬミィーの頬をなめまた頬をなめ毛づくろいをす

末期なる黒猫ミィーはわが指に舌からめつつ水をとりたり

ツン（キジトラ猫）

浦和の家の近くの原っぱに住んでいたおじさんは捨て猫の世話をしていた。おじさんがその原っぱから強制退去させられた時に、キジトラの子猫を引き取った。二〇〇二年のこと。「ツン」はそのおじさんが付けた名だ。ツンも浦和の家に残った。

みどり児のかたわらに来し老猫《おいねこ》は匂いをかいでそっとすわりぬ

猫として我らのそばにいてくれる小さきものよ　春の星かも

幾日かともに過ごせしキジトラは二階の窓にて我を見送る

ハク（白猫）

ハクは、二〇〇一年春に、妻が当時の職場のあった東浦和の道端で拾った猫だ。道路工事の方から引き継いだとのこと。その当時から耳が聞こえなかったと思われる。我々夫婦と黒白猫のチビと一緒に二〇一四年七月十二日に浦和から安曇野に移住した。

白猫はしずかに見やる東方の青き山の端《は》赤くなりそむを

目覚むれば枕のそばに顔がある白猫ハクよ長生きをせよ

白猫は朝日につつまれゆっくりと目蓋を閉じて眠りに入《い》りぬ

白猫《ハク》に添い二度寝したらし夏の陽のなかに汗ばみ目を覚ましたり

風に乗り舞う粉雪をベランダに白猫《ハク》とならんでながめていたり

冬温《ぬく》しうつらうつらの老猫《おいねこ》の髭しんなりとか細くなりぬ

チビ（黒白猫）

二〇一三年春、浦和の家の庭に黒白の子猫がやって来た。なんのはずみか私がご飯を上げてしまった為、毎日来るようになった。結局、つかまえて家で一緒に暮らすことになった。野良をしばらくやっていたこともあり、野生を感じさせる猫であった。最近はだいぶ飼い猫らしくなった。二〇一四年夏、ハクと一緒に、安曇野に移住した。

目覚めては背をまるくしてのびあがり寝返りをうつ猫は少年

膝に乗り真顔で向き合う大猫の小声のニャーが欠伸《あくび》に変わる

大猫の愛しき重みが膝に乗り爪をたてつつ揉みもみをする

吾《わ》の指を押しやりつつも逃げ出さぬ猫の大きな目脂を取りぬ

読んでいる生活面にのそのそと今朝も真顔で大猫乗り来《く》

我が腿《もも》にのそりとのれる大猫の腹の温《ぬく》しもしばらく撫でる

人々

演奏会など

穂高交流学習センターのホールで行われたコンサートを聴きに行った。

下を向きギターを弾《はじ》く渋き男《ひと》カーテンコールはキュートな笑顔で

ジーンズの裾に刺繡のピアノ弾きアドリブパートを全身で弾く

地元の歯医者さんの家で行われたスイングジャズのコンサートにいった。

やはりジャズ目立ちたがりの伴奏者「オレが」「オレも」のベースとドラム

アンコールその夜《よ》いちばんたのしげなクラリネットの奔放を聴く

重柳のカフェで、ビオロンとアコーディオンによるタンゴを聴いた。

ビオロン弾きはすっと息吸いピアソラのリベルタンゴを奏ではじめつ

ピアソラの熱き調べの疾走にビオロン弾きは微かに笑みぬ

雪の夜ヴィオラ・ダ・ガンバの音《ね》に浸る眼《まなこ》とづれば古き異国に

近くのカフェレストランでクリスマスの時期にヴィオラ・ダ・ガンバの演奏会がある。

看護師の合唱の声聞こえけり（きよしこの夜）夜のベッドに

安曇野赤十字病院に検査入院をした。十二月二十一日。

〈四季〉を弾くチェンバロ奏者の肩口の刺繡のほつれが揺れていて〈秋〉

一九七〇年代の新宿ピットインにて。

厚き扉《ドア》をバスッと引けば溢れだすジャズのなかへとからだを入《い》れる

山下洋輔さんのピアノ演奏。

鍵盤を駆けまわる手の奔放にピアノもわずかに揺れはじめたり

ぐがんぐがん、どたたた、ぐがん、鍵盤を駆けまわる手にピアノは揺れる

人間ドック

胃カメラが喉をとおれば目の前に光にまみれたわたしが映る

目の前の画像を送る胃カメラが我が体内を少しずつ行く

脳ドック機械の虚《うろ》に飲み込まれ二拍子にのる奇音《きおん》に襲わる

やはりまた眼底撮影難航す目蓋震わせ待つシャッター音

色白の看護師服が容赦なく注射器いっぱい僕の血を吸う

平昌冬季オリンピック（二〇一八年二月）

平昌のラストジャンプを飛び終えて板を引きよせキスをしたSarah《サラ》

平昌の真青《まさお》の空を飛びきりて高梨沙羅がやっと笑いぬ

完璧な演技を終えて座りいる羽生結弦は青ざめており

会心のジャンプを跳んだ宇野昌磨、ガッツポーズを小さくきめる

滑り終え息を鎮める髙木美帆、饒舌な眼が生き生きとして

放たれし小平奈緒は終盤も加速のギアを次々入れる

駆けぬけてフードを取ればたちまちに小平奈緒の髪があらわる

勝負終え小平奈緒はうしろから李相花《イ・サンファ》の肩そっと抱《いだ》きぬ

ジャグラーに放られしごと冬空を平野歩夢がクルクルまわる

登り坂の渡部暁斗は胴太き蟷螂《かまきり》となり一気に駆ける

独り立つ宮原知子はおもむろにイの字となりて音の出を待つ

酒

一九九〇年代の横浜単身赴任を思い出して。

酒買いて独り住まいのアパートでわが好物の長葱を焼く

安曇野に移住して後。

久方の雨ふりだせば酒を注《つ》ぎ暮れ行く春の雨音を聞く

窓越しに真青《まさお》の空を見上げつつ二合ときめてゆるゆると飲《や》る

子のくれし塩らっきょうで冷や酒を二合も飲《や》ればやがてほろほろ

冷酒《ひや》一合飲《や》りて待ちたる鰻重の左の隅から箸を下ろしぬ

新型コロナウイルス

憂き春の桜は咲きて人の世は新型肺炎ひとりずつ増ゆ

正体の分からぬ疫病《えやみ》の近づくに僕のまわりは静かなる夏

この地にもウイルスの影迫りきつ赤き夕べをつばくらめ去る

社会的距離という名の斥力を持たざる人の笑顔寄りくる

重機

年を経し竜のごとくに舗装路の破片を咥えて重機は動く

降りしきる黒雨《こくう》のなかにうっすらと巨大重機は霞んでゆけり

トラックは走り出したりうなだれる重機ひとつを荷台に乗せて

県道の工事現場に残されし重機しずかに雨受けており

病棟

中学二年生の時に幸手の病院で八か月ほどの入院生活をおくったことを思い出して。

眼を盗み病棟にちょっとダッシュする　気持ちばかりの浮遊をしたり

米国の某ジャズベーシストは聴覚過敏であったらしい。明治神宮での初参りにて。

玉砂利を踏みしめる音満ちみちて見知らぬ男の手が耳塞ぐ

まつもと市民芸術館での「アンチゴーヌ」終演後。

幕切れに蒼井優《アンチゴーヌ》の墓穴を覗く者あり蒼井優《アンチゴーヌ》おらず

近くのカフェレストランにて。ビリー・ホリデイの歌がかかっていた。

「オール・オブ・ミー」レディ・デイの声沁みて真冬のカフェに〈魔女カレー〉を待つ

子供のころ

二〇一九年の台風十九号で水害に遭った宮城県丸森町の集落にて。

担任は被災せし子に歩み寄り「生きてるだけで百点満点」

幼児《おさなご》はわれを見あげて笑顔なり風のちからに押されて跳ねて

遠き日の星遊びかなオリオンの青きリゲルを我が物とせり

ゴイゴイと魚のごとく水を飲む蛇口のしたの五秒の放心

意を決し駅から出れば夕立はプールの匂い、ザンザン走る

車両の隅

高崎線の車中でボックス席の向かいに座った夫婦を見て。

静かなる車両の隅が盛り上がる熟年男女の手話の速さよ

口論を発止《はっし》発止《はっし》となすごとく夫婦か車内に手話を交わせり

車両にて澄ます人らの顔《かんばせ》にスイッチ入る緊急停止

曇天を走る列車の窓枠に蜜柑の陽の色ちいさく揺れおり

更地

菖蒲湯《あやめゆ》は更地となれり歩をとめて見るにつくづく狭き土地なり

薄暗く客はおらざり常しえの茶道具店にも雨のそぼ降る

食卓のコップに水は注がれてコップの形になりて静まる

家にいる家電らすべてふっつりと気配を消して居なくなりたり

夜の雪はフロントガラスに殺到す吹雪の奥へ落ちて行くらし

一九六〇年のメキシコの不条理劇映画を思い出して。

〈皆殺しの天使〉にあらねど人間の気配《けわい》の籠もる山小屋に寝る

飛魚の海を出でたる一瞬にカツオドリきて丸飲みにする

登山

燕岳

燕岳の合戦小屋にたどりつき波田《はた》の西瓜を有り難く食《は》む

霧渡る燕岳《つばくろだけ》の勾配にコマクサ紅《あか》く群れて咲きおり

雲流れ女優のごとくあらわるる燕岳なり晩夏の夕映え

雷鳴の聞こえてきたり雲のなかの合戦尾根を無言で下る

蝶ヶ岳

二〇一六年十月上旬、蝶ヶ岳に登る。大型台風が通り過ぎた直後であった。

根こそぎの大木いくつも潜《くぐ》り抜け台風過ぎし山腹をゆく

蝶ヶ岳東の方《かた》を見下ろせば地図を見るごと我が町が見ゆ

蝶槍《ちょうやり》の穂先にすわり眺めおり表銀座をながれゆく雲

入笠山

二〇一六年十月三十日、入笠山に登った。途中、入笠湿原では草紅葉が見られた。頂上は広く、三六〇度の眺望が開けている。

山々と諏訪湖をのぞみ息をつく入笠山《にゅうかさやま》は深き秋にて

守屋山

里山に下草しげり穢れなき少女《おとめ》らのごと九輪草咲く

戸谷峰

三才山近くの戸谷峰に登った。

戸谷峰に若きみどりが響くなか二輪草の花しずやかに咲く

閑《しず》かなる山に入《い》りきていっぴきの蝮のまえをゆっくりと過ぐ

雨飾山

二〇一六年九月末、小谷村から雨飾山に登った。

雨飾《あまかざり》山下山途中の細流《せせらぎ》に山女魚《やまめ》のさまの透けて見えたり

日も落ちてきっと異界となりにけん雨飾山下りたるのち

黒斑山

浅間山の第一外輪山である、黒斑山を歩いてきた。

瑠璃色の美しからんころころと瑠璃鶲《るりびたき》鳴く黒斑山《くろふ》の森に

上高地

然《しか》れども心楽しき刹那なり嘉門次小屋にて冷や酒飲《や》れば

若葉をば優しきひかりが透きとおり山芍薬のひとつ咲きおり

風吹大池

風吹大池《かざふき》の小屋には電波も来ぬという長き静寂《しじま》を如何に過ごさん

京ヶ倉

京ヶ倉の深き谷へと切れ落ちる岩稜の上《へ》を渡り終えたり

針ノ木岳

針ノ木《はりのき》岳の雪渓深く鎮《しず》もれる冷気の奥へと今し踏み出《い》ず

霧深き雪渓なれば紅《くれない》の旗をたどって急登を踏む

針ノ木《はりのき》岳の難所を過ごして座り込み元気をつけんと大福《だいふく》餅を噛む

真白《ましろ》なる針ノ木岳を眺むれば座りし夏の光思ほゆ

蓮華岳

蓮華岳を園児らのごと駆け回る雛守《も》る雷鳥すっくと立ちおり

あとがき

短歌を作り始めたのは、定年退職後の二〇一四年に安曇野市に移住した頃です。テレビ番組「ＮＨＫ短歌」や図書館から借りだした短歌入門書を頼りに勉強をしました。

十人中十人に正確に伝わるように作るビジネス文書とは異なり、自分なりに感じたことを言葉で表現すること、そして場合によっては他者が「いいなあ」と言ってくれることに魅力を感じました。

このたび二〇一四年から二〇二一年までの七年間に詠んだものから三百三十一首を選んで歌集を作ることを決心しました。

正直、文芸としてのレベルは低いのですが、私が本当にそう思い、そう感じて詠んだものばかりで、撮りためたスナップ写真を集めたアルバムのようなものだと思っています。

短歌作りを続けて来られたのは、最初の読み手であり忌憚のない意見を言ってくれる妻ゆり子のおかげが大きいと思っています。

歌集作りにあたっては、六花書林の宇田川寛之さんに親切にご指導を頂きました。あらためて御礼を申し上げます。

二〇二三年六月

堀部明兎

著者略歴

堀部明兎（ほりべあきと）

1952年　埼玉県南埼玉郡菖蒲町（現・久喜市菖蒲町）に生まれる。
1981年　ゆり子との結婚を機に浦和市（現・さいたま市浦和区）に居を構える。
2013年　三十七年間勤務した㈱野村総合研究所を退社。
2014年　ゆり子の退職を機に夫婦で、安曇野市に移住。歌作を始める。
2023年　「短歌人」に入会。第一歌集『Lute』を出版。

住所
〒399-8301　長野県安曇野市穂高有明7806－5
メールアドレス
that-means-the-world-to-me@docomo.ne.jp

Lute《リュート》

2023年 8 月10日 初版発行

著　者――堀 部 明 兎
発行者――宇田川寛之
発行所――六花書林
〒170-0005
東京都豊島区南大塚 3 - 24 - 10 マリノホームズ1A
電 話 03-5949-6307
FAX 03-6912-7595

発売―――開発社
〒103-0023
東京都中央区日本橋本町 1 - 4 - 9 フォーラム日本橋 8 階
電 話 03-5205-0211
FAX 03-5205-2516

印刷―――相良整版印刷

製本―――武蔵製本

定価はカバーに表示してあります
ISBN978-4-910181-53-0 C0092